Бабушкин суп по субботам
Grandma's Saturday Soup

Written by Sally Fraser
Illustrated by Derek Brazell

Russian translation by Dr Lydia Buravova

В понедельник утром мама разбудила меня рано.
«Вставай, Мими, и одевайся в школу».
Сонная, я неохотно выбралась из постели и
раздвинула занавески.

Monday morning Mum woke me early.
"Get up Mimi and get dressed for school."
I climbed out of bed all sleepy and tired,
and pulled back the curtains.

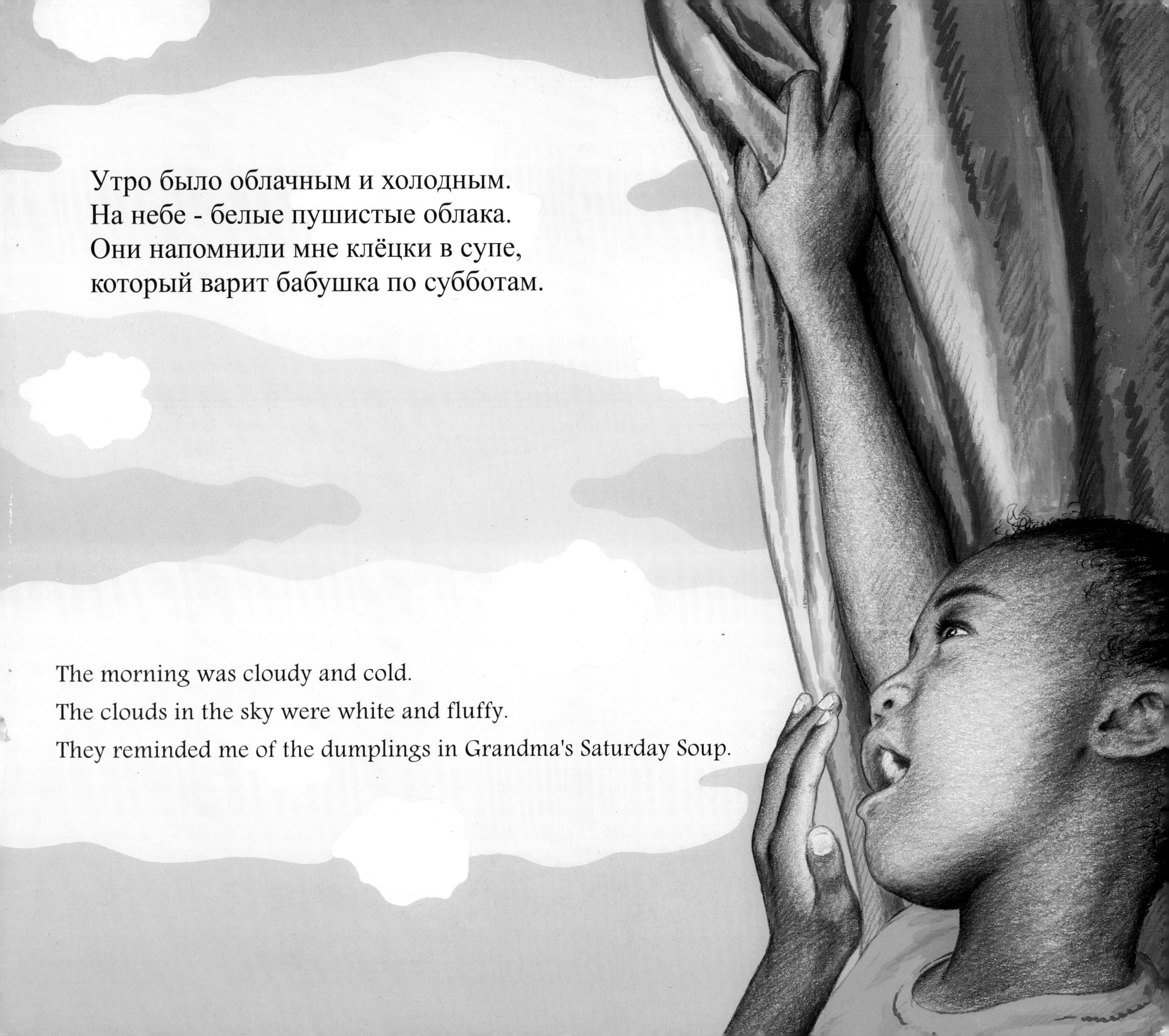

Утро было облачным и холодным.
На небе - белые пушистые облака.
Они напомнили мне клёцки в супе,
который варит бабушка по субботам.

The morning was cloudy and cold.
The clouds in the sky were white and fluffy.
They reminded me of the dumplings in Grandma's Saturday Soup.

Когда я прихожу к бабушке, она рассказывает мне о Ямайке.

Grandma tells me stories about Jamaica when I go to her house.

*«Облака на Ямайке приносят проливной дождь.
Как будто кто-то открывает кран на небе.
Тёплый бриз разгоняет облака, и на небе снова
появляется солнце».*

*"The clouds in Jamaica bring the heaviest rain.
It's like someone has turned the tap on in the sky.
The warm breeze moves them on and the sun comes out again."*

Во вторник утром папа отвёл меня в школу.
На улице было холодно и морозно; ночью шёл снег.

Tuesday morning Dad took me to school.

The day was cold and crisp; it had snowed in the night.

Он белый и гладкий как мякоть ломтиков ямса.
Того самого ямса в супе, который варит моя бабушка по субботам.

It's white and smooth and looked like the inside of a sliced yam.
Just like the yam in Grandma's Saturday Soup.

Бабушка говорит мне, что белый мелкий песок на пляжах похож на только что выпавший снег, но он никогда не бывает холодным.

Grandma tells me that the white powdery sand on the beaches looks like fresh snow but it's never cold.

Интересно, могла бы я слепить песовика
из белого песка?
Было бы смешно, правда?

I wonder if I could make a sandman with the white sand?
Wouldn't that be funny?!

В среду снег повалил ещё сильнее.
Было холодно, но я была тепло одета.
Когда я прихожу к бабушке, она рассказывает мне о Ямайке.

Wednesday the snow fell harder. It was cold but I was wrapped up warm.
Grandma tells me stories about Jamaica when I go to her house.

«Солнце светит там каждый день.
Солнце греет кожу, и можно носить
только шорты и майку».
Тепло каждый день? Шорты и майку?
В это трудно поверить.

"The sun shines every day. The sun is warm on your skin
and you only need to wear your shorts and a T-shirt."
Warm every day? Shorts and T-shirt? I can't believe that.

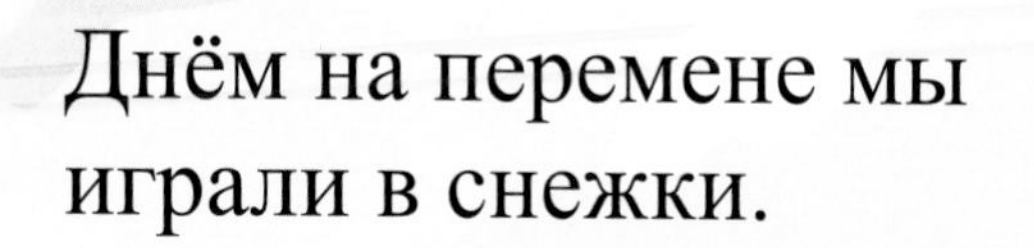

Днём на перемене мы
играли в снежки.

At afternoon play we made snowballs
and threw them at each other.

The snowballs remind me of the round soft potatoes in Grandma's Saturday Soup.

Снежки напомнили мне круглую мягкую картошку в супе, который варит бабушка по субботам.

В четверг после школы мы с подругой Лайлой
и её мамой пошли в библиотеку.

On **Thursday** I went to the library
after school with my friend Layla
and her Mum.

Когда мы проходили через парк, мы увидели маленькие ростки весенних цветов. Зелёные росточки прорезались через снег. Они были похожи на зелёный лук в супе, который варит бабушка по субботам.

As we passed the park we saw the little bulbs starting to grow. The little green shoots poked through the snow. They looked like the spring onions in Grandma's Saturday Soup.

Grandma tells me about the wonderful plants and flowers in Jamaica.
"In Jamaica the most beautiful flowers grow wild.
They are all different colours and sizes
and their smell fills the air."
I've never seen flowers like that before,
I wonder if she's only joking?

Бабушка рассказывает мне о чудесных растениях и цветах на Ямайке.
«На Ямайке растут красивейшие дикие цветы. Они бывают всевозможных цветов и размеров, и воздух наполнен их ароматом».
Я никогда не видела таких цветов. Может быть, она просто шутит?

Пятница, мама с папой опаздывают на работу.
«Поторопись, Мими, возьми каких-нибудь фруктов в школу».

On **Friday** Mum and Dad are late for work.
"Hurry Mimi, choose a piece of fruit to take to school."

Я смотрю на блюдо с фруктами.
Что мне взять? Апельсин, яблоко или грушу?
Возьму яблоко и грушу; их цвет и форма напоминают мне
чо-чо в супе, который варит бабушка по субботам.

I looked at the bowl full of fruit.
Should I choose an orange, an apple or a pear?
The apple and pear; their colour and shape remind me
of the cho-cho in Grandma's Saturday Soup.

*Бабушка рассказывает мне о фруктах на Ямайке.
«На Ямайке можно сорвать с дерева фрукты по дороге
в школу, например, спелое манго, сочное и сладкое».*

*Grandma tells me about the fruits in Jamaica.
"In Jamaica you can walk to school and pick a piece of fruit
from a tree, a ripe mango all juicy and sweet."*

После школы за хорошие отметки мама с папой повели меня в кино.
Когда мы пришли туда, светило солнце, но было всё ещё холодно.
Мне кажется, наступает весна.

After school, as a treat for good marks, Mum and Dad took me to the cinema.
When we got there the sun was shining, but it was still cold.
I think springtime is coming.

Фильм мне очень понравился, а когда мы вышли, над городом был закат. Заходящее солнце было большим и оранжевым, совсем как тыква в супе, который варит бабушка по субботам.

The film was great and when we came out the sun was setting over the town. As it set it was big and orange just like the pumpkin in Grandma's Saturday Soup.

Бабушка рассказывает мне о восходах и закатах на Ямайке.
«Солнце восходит рано, и у тебя хорошее настроение на весь день».

Grandma tells me about the sunrise and sunsets in Jamaica.
"The sun rises early and makes you feel good and ready for your day."

«После захода солнца, когда выходит луна, на ночном небе появляются миллиарды звёзд, сияющих как алмазы».
Миллиарды звёзд, мне трудно представить столько звёзд.

"When it sets and the moon comes out she is followed by a million stars that look like diamonds twinkling in the night sky."
A million stars, I can't even imagine that many.

В субботу утром я пошла на урок танцев.
Музыка была медленной и грустной.

Saturday morning I went to my dance class. The music was slow and sad.

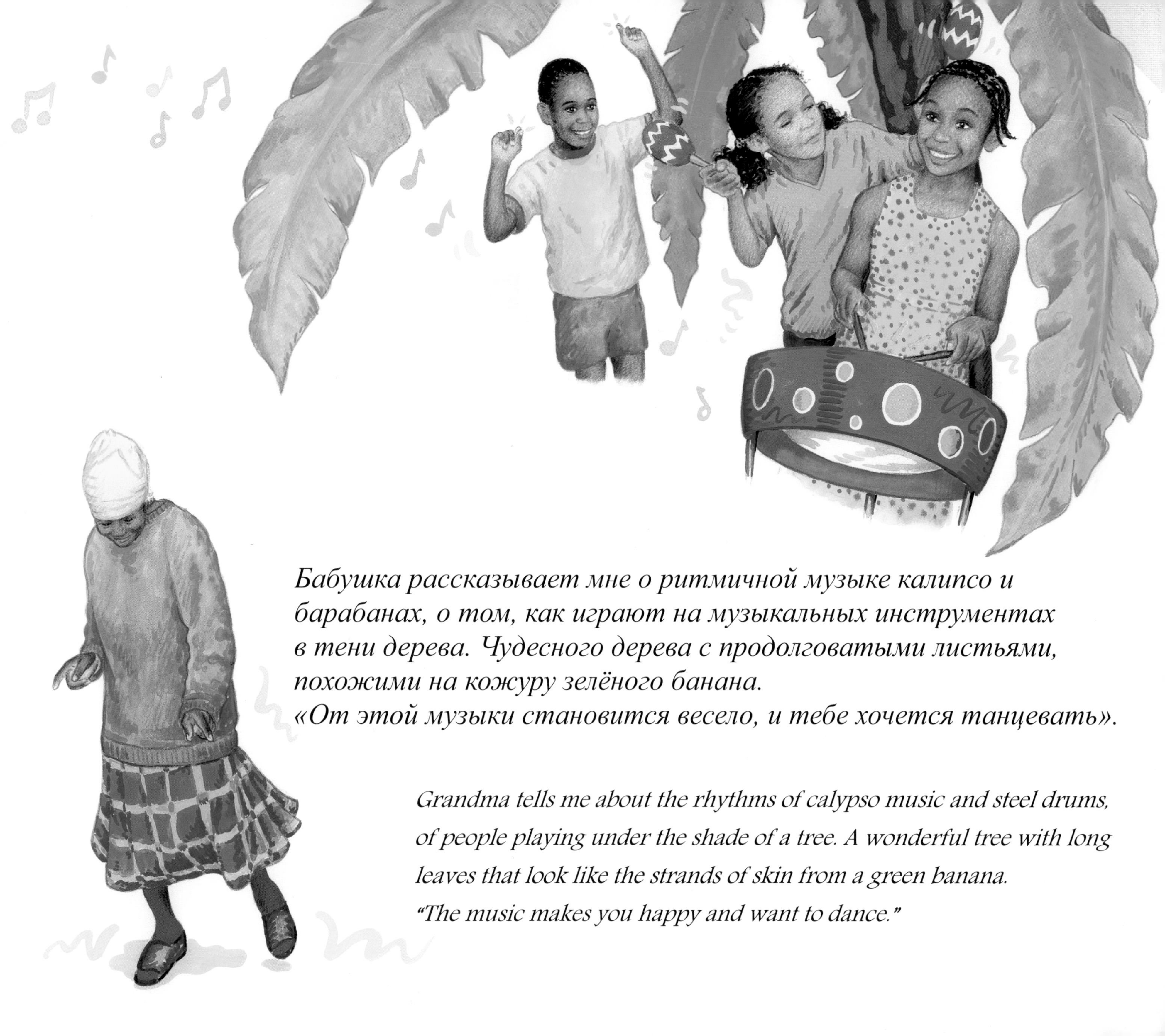

Бабушка рассказывает мне о ритмичной музыке калипсо и барабанах, о том, как играют на музыкальных инструментах в тени дерева. Чудесного дерева с продолговатыми листьями, похожими на кожуру зелёного банана.
«От этой музыки становится весело, и тебе хочется танцевать».

Grandma tells me about the rhythms of calypso music and steel drums, of people playing under the shade of a tree. A wonderful tree with long leaves that look like the strands of skin from a green banana.
"The music makes you happy and want to dance."

После урока меня забрала мама. Мы поехали на машине.
Мы ехали по дороге мимо моей школы. У парка мы повернули налево и проехали мимо библиотеки. Проехали центр, вот и кинотеатр, осталось уже недалеко.

Mum picked me up after class. We went by car.
We drove down the road and past my school. We turned left at the park and on past the library. Through the town, there's the cinema and not much further now.

Я проголодалась. Очень-очень. Наконец мы у бабушки.

I was hungry. Really hungry. At last we arrived at Grandma’s.

Я бегу к двери. Там так вкусно пахнет!
Пахнет зелёными бананми, чо-чо и ямсом,
клёцками, картошкой и тыквой...

I ran to the front door and could smell a delicious smell.
It's green bananas, cho-cho and yams, dumplings, potato,
and pumpkin...

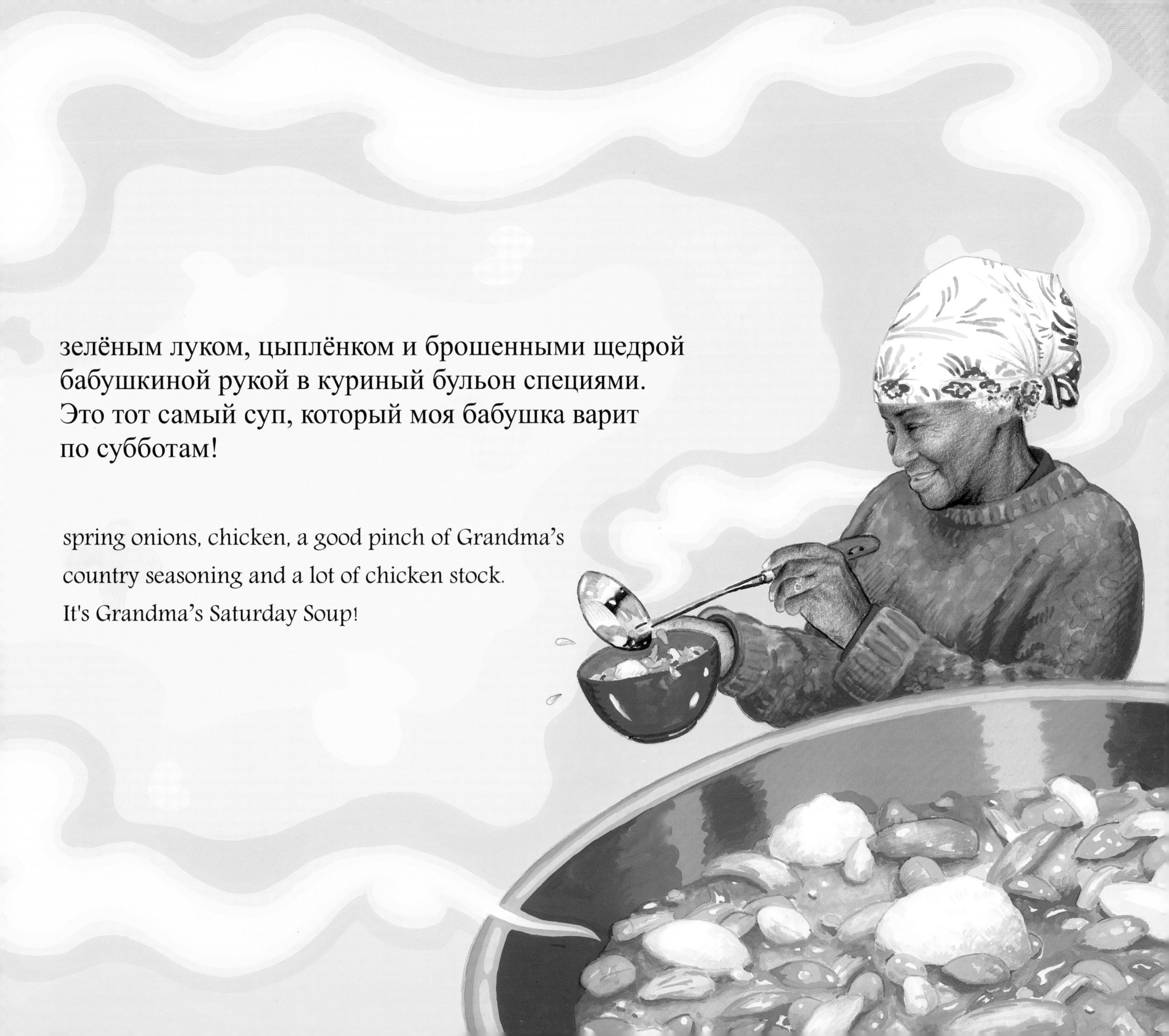

зелёным луком, цыплёнком и брошенными щедрой бабушкиной рукой в куриный бульон специями. Это тот самый суп, который моя бабушка варит по субботам!

spring onions, chicken, a good pinch of Grandma's country seasoning and a lot of chicken stock. It's Grandma's Saturday Soup!

В воскресенье на ужин у нас были гости.
Мои мама и папа хорошо и вкусно готовят, но моё самое любимое на свете блюдо – суп, который варит моя бабушка по субботам.

On **Sunday** we had friends at our house for dinner.
Mum and Dad are good cooks, their food is nice but my favourite food in the whole wide world is **Grandma's Saturday Soup**.